ÉPITRE

A

MATHON DE LA COUR,

Par J. L. Boucharlat,

DE LA SOCIÉTÉ PHILOTECHNIQUE, ET DES ACADÉMIES DE LYON, DE BORDEAUX, DE ROUEN, DE MARSEILLE, etc.

LUE DANS LA SÉANCE PUBLIQUE DE L'ACADÉMIE DE LYON

DU 13 SEPTEMBRE 1827.

Extrait des Archives du Rhône

LYON,

IMPRIMERIE DE J. M. BARRET, PLACE DES TERREAUX.

M. DCCC XXVII.

ÉPITRE

A MATHON DE LA COUR. [1]

Fils de ce rare esprit, qui, l'émule d'Euler,
Sans l'appui des autans crut asservir la mer [2],
Et qui, dans l'art profond de l'archéologie,
Du patient Calmet [3] fit pâlir le génie [4],
Mathon, parent chéri, dont mes yeux satisfaits,
Dans cette enceinte encor contempleraient les traits,
Si d'un temps odieux l'épouvantable orage,
Ne t'eût précipité sur le sombre rivage [5];
Tout ce qui rehaussa l'honneur de ton pays,
Excellent philantrope, occupa tes esprits.
Du Rhône impétueux, par toi l'onde captive,
Du peuple rappelant la santé fugitive,
Circula dans nos murs en de modestes chars.
Eclairant la critique au flambeau des beaux arts,
De Lycurgue, on te vit, interprète sublime,
Former sur ses leçons ton âme magnanime,
Et chercher dans les mœurs du Spartiate altier,
De son destin déchu le principe premier [6].
Mais rien n'enflamma plus ton généreux courage
Que cette académie, illustre aréopage
Où venaient s'agréger tant de savans divers,
Citadins anoblis de ce vaste univers [7].

A cet illustre corps , D'Alembert et Lalande [8]
De leurs pensers féconds consacrèrent l'offrande.
Auprès d'eux se plaçaient, dans un rang glorieux,
Soufflot, qu'on croirait né dans le palais des dieux [9],
Rater [10], qui, tel qu'on peint les géans de la fable,
Déracinait les monts, et d'un fleuve indomptable,
Aux balmes de Saint-Clair agrandissait les bords ;
Vaucanson [11], du flûteur animant les ressorts,
Et nouveau Prométhée, appelant à la vie
Les élémens nouveaux d'une active industrie,
Et léguant à Jacquard [12] l'honneur d'exécuter
Ce que son grand génie un jour osa tenter.
Dois-je oublier Morand [13] qui, d'une main puissante,
Du Rhône subjugua la vague frémissante ?
Mais parmi ces mortels chers à l'humanité,
Modeste Bourgelat [14], tu dois être compté :
Bourgelat, créateur de l'art vétérinaire,
De cet art bienfaisant sois le dieu tutélaire !
Je vois à tes côtés Willermoz [15] et Vitet [16],
De leur vaste science épuiser le sujet.
Mais quel est ce vieillard à l'œil vif, au teint blême ?
C'est Jacquier [17], des trois corps résolvant le problême :
Près de lui Pezenas [18], dans un dernier effort,
Au milieu des calculs avec Neper [19] s'endort ;
Montucla [20] plus actif, devient, dans sa patrie,
L'Hérodote accompli de la géométrie ;
Mais laissons ces savans, laissons même Rozier [21]
Porter l'agriculture à son lustre dernier,
Et jetons un regard sur l'ami de Voltaire,
Sur ce bon Vasselier [22] qui, même octogénaire,

Par des contes charmans , mais peu chastes parfois ,
Nous égayait toujours en élevant la voix.
Parlons de Laurencin [25], dont la tendre élégie ,
Captivait les loisirs et le bouillant génie ,
Et qui , dans d'heureux vers , inspirés par le cœur ,
De l'amour maternel peignait la vive ardeur.
Généreux Laurencin , ta gloire était plus fière :
Un immense penser remplit ta vie entière :
Domptant le cours fougueux de deux fleuves rivaux ,
Tu conçus le projet de dominer leurs eaux ,
D'agrandir ta cité , comme si ses limites
Etaient pour ta grande âme encor trop circonscrites.
Dans les gouffres profonds d'un rebelle terrain ,
Tes trésors entassés s'engloutirent en vain.
Le fleuve se jouant de tes efforts prodigues ,
Se dressait tout entier pour renverser tes digues ;
Et contre toi lançant tous ses flots à la fois ,
Nouvel Achéloüs , t'accablait sous leur poids.
La mort en te frappant t'enleva l'avantage
De voir réaliser ton magnifique ouvrage ;
Mais l'avenir , enfin , justifia tes vœux :
Aux marais de Perrache un peuple industrieux
Etablit sa demeure et ses manufactures ,
Attendant que des mains , diligentes et sûres ,
Par des chemins de fer ouvrent , vers le Midi ,
Des débouchés nouveaux au commerce agrandi.
Lyon , de ses faubourgs élargissant l'enceinte ,
Oubliait ses revers , en effaçait l'empreinte ;
Mais réclamait encor pour la postérité
Un gage de bonheur et de prospérité.

Martin [24] le lui donna, Martin, jusques au Gange,
Ah ! puisse de ton nom retentir la louange !
D'une grande cité bienfaiteur généreux,
L'académie entend tes respectables vœux,
Et de tes volontés heureuse exécutrice,
Elle doit ériger ton sublime édifice.
Mathon, c'était ainsi que, nouveau Jean Cléberg [25],
Attachant notre estime à ton nom toujours cher,
De tes actives mains tu fondas ce lycée,
Monument du savoir, où la foule empressée
Venait s'initier à ces arts enchanteurs
Qui partout, sous nos pas, font éclore des fleurs.
C'est là que Béranger [26], troubadour de notre âge,
A la Nymphe du Rhône adressait son hommage,
Ou, plaçant la vertu sous le jour le plus pur,
A l'enfance charmée offrait un guide sûr.
C'est là que Gilibert [27], inovateur lui-même,
Du savant Linnéus démontrait le système,
Que Domergue [28] épurait la langue de Buffon,
Que Mollet [29] expliquait le prisme de Newton,
Et qu'on voyait enfin le docte Delandine [30]
De nos antiques murs dévoiler l'origine.
P rfois à ces savans venaient se réunir
Des hommes dont Lyon se doit énorgueillir.
Morel [31], Rast [32], Dussaussoy [33], Tabard [34] et La Tourrette [35],
De Pan abandonnaient la tranquille retraite,
Pour admirer Ruisdael embelli par Boissieu [36],
Pour entendre Rieussec [37] commenter Montesquieu.
On t'y voyait aussi, pacifique Lemierre [38],
Poète original, dont l'âme tout entière

Se peignait dans tes vers, toujours pleins de chaleur :
Le ciel récompensa les vertus de ton cœur,
En unissant aux jours d'une aimable vieillesse,
Un ange de beauté, de grâces, de sagesse,
Qui devait t'allier par un nœud fraternel
Au digne fondateur de ce lieu solennel.
Hélas ! des doctes sœurs ce divin sanctuaire
De ses débris fumans devait joncher la terre,
Avant de recevoir, en leur jour de splendeur,
D'illustres Lyonnais moissonnés dans leur fleur.
Bichat [39], Jordan [40], Petit [41], espoir de la patrie,
Pourquoi, pour tant de gloire, une si courte vie ?
A vos concitoyens, fiers de vous admirer,
Un sévère destin ne fit que vous montrer.
Toi surtout, ô Petit ! quel noble caractère !
Jeune amant des neuf sœurs, à la voix de ta mère
Tu les abandonnas pour servir Galien ;
Mais Phœbus honorant un si grand citoyen,
Te prodigua ses dons, loin de t'être infidèle :
Le sentiment s'accroît dans l'âme la plus belle,
Et le sentiment seul t'a dicté ces beaux vers,
Qni rendront à jamais tes souvenirs si chers.
Mais de ces morts fameux pourquoi troubler la cendre,
Quand j'offrais à Mathon l'hommage le plus tendre ?
Sur leur lit de douleur ils trouvèrent du moins
De la tendre amitié les respectables soins ;
Mais toi, Mathon, mais toi, livré, dans ta patrie,
Aux poignards assassins d'une horde en furie,
A tes derniers momens tu n'eus devant les yeux
Que le crime en délire et qu'un trépas affreux.

Aussi grand que Caton [42], mais cent fois plus à plaindre,
Tu méprisas la mort qu'un sage ne sait craindre ;
Et tes juges pervers parurent devant toi ,
Comme des criminels que frapperait la loi [43] ;
Enfin ton sort apprit aux tyrans de la France,
Qu'ils pouvaient égorger à leur gré l'innocence ;
Tes mânes désolés dans ce pays des arts ,
Long-temps furent errans sur des débris épars ;
Mais le ciel désarmé termina nos souffrances ,
Et parmi ces amis des lettres , des sciences ,
Ton bienfaisant génie est fixé dans ces lieux ,
Pour l'exemple et l'honneur de nos derniers neveux.

NOTES

DE L'UN DES RÉDACTEURS DES ARCHIVES DU RHÔNE.

¹ Charles-Joseph Mathon de la Cour, fils de Jacques, né à Lyon en 1738, l'une des victimes sacrifiées à la suite du siége de cette ville, en octobre 1793, nommé membre ordinaire de l'académie des sciences, belles-lettres et arts de Lyon, en remplacement de M de Sozzi, le 2 mai 1780. Le passage suivant des *Prisons de Lyon* de feu de M. Delandine, contient des détails intéressans sur ce citoyen recommandable et peut servir de commentaire à l'épître adressée à ses mânes par M. Boucharlat.

« Ici (sur la place de Bellecour), Mathon de la Cour, le meilleur des hommes, le plus doux, le plus probe, le plus serviable, a péri. Son beau frère Lemierre disait : « Je ne puis plus faire de tragédie : elle court les rues. » Il n'est que trop vrai ; toutes nos rues, toutes nos places ont offert des scènes sanglantes. Ici, on a inhumainement privé du jour celui qui ne l'employa jamais qu'à faire du bien. Non, je ne traverserai pas ce sol où mon ami a expiré, sans lui crier mes derniers adieux, sans lui consacrer un triste et rapide hommage !

Bienfaisant Mathon, puisse-t-on recueillir un jour et lorsque nos fils seront heureux, les généreux fruits de tes veilles et de tes pensées, de tes veilles sans cesse occupées à aider le pauvre, à secourir l'innocence, à soutenir l'honnête industrie, de tes pensées grandes, simples et pures comme ton cœur !

Qu'on n'y oublie point ces écrits où il dévoila les ressorts secrets qui firent prospérer et décheoir les institututions de Lycurgue [1], où il traça les justes moyens de ranimer en France le véritable amour de la patrie [2]. Deux compagnies célèbres et savantes couronnèrent ces ouvrages utiles. Qu'on n'oublie pas ce badinage ingénieux qui, sous le nom de *Fortuné Ricard* [3], prouve ce qu'on

---

[1] *Par quelles causes et par quels degrés les lois de Lycurgue se sont altérées chez les Lacédémoniens jusqu'à ce qu'elles aient été anéanties*, dissertation qui a remporté le prix dans l'Académie royale des inscriptions et belles-lettres, le 28 avril 1767, avec des notes, etc. Lyon et Paris, Durand et Vallat-la-Chapelle, 1767, in-8.º de 100 pages. L'auteur annonçait dans un court avertissement qu'il rassemblait des matériaux pour une histoire complète des Lacédémoniens, et qu'il hasarderait peut-être quelque jour de la publier ; mais il n'a pas tenu cette promesse. Thomas écrivit à Mathon de la Cour une lettre ainsi conçue :

« Je vous remercie, Monsieur, de l'excellente *Dissertation sur les lois de Lycurgue*, que M. Barthe m'a remise de votre part. C'est un des plus beaux sujets qu'on ait proposé depuis long-temps dans aucune académie ; et vous l'avez traité avec autant d'érudition que d'agrément. On aime à suivre, dans votre ouvrage, les progrès et la chute de cette institution bizarre, qui dénatura l'homme pour le rendre plus grand, changea tous les devoirs et créa des vertus nouvelles. Une pareille législation, qui subsista plus de cinq cents ans, est peut-être la plus forte preuve de ce que peut le génie d'un grand homme sur un peuple. Il me semble, Monsieur, que vous jugez ces lois si célèbres, comme la raison doit les juger, sans humeur comme sans fanatisme. C'est un grand monument, mais dont les proportions sont colossales et par conséquent hors de la nature. Toutes vos notes sont extrêmement curieuses ; elles ajoutent un nouveau prix à l'ouvrage, et font désirer l'histoire que vous nous annoncez. Recevez tous mes remercîmens, avec les témoignages des sentimens bien vrais avec lesquels j'ai l'honneur d'être, etc. Thomas. A Paris, le 22 décembre 1767. »

[2] *Discours sur les meilleurs moyens d'encourager et de faire naître le patriotisme dans une monarchie.* Paris, 1788, in-8.º Ce discours fut couronné par l'académie de Châlons-sur-Marne.

[3] *Testament de M. Fortuné Ricard*, maître d'arithmétique à D**, lu et publié à l'audience du bailliage de cette ville, le 19 août 1784.

devrait attendre dans un gouvernement sage, de l'éco-
nomie et de la prévoyance. L'Angleterre nous envia ce
dernier écrit, le traduisit et l'attribua pendant long-
temps à Francklin.

Ce fut une douce et agréable idée que celle de recueillir
chaque premier jour de l'an ces morceaux animés où la
poésie nous émeut et nous console : Mathon la conçut
et l'exécuta dans les douze premiers volumes de l'*Alma-
nach des Muses* [1], recueil alors plein de sensibilité et de
goût.

Un essai sur l'institution des *Rosières* [2], un précis sur
la vie de Montausier [3], un éloge de son ami Poivre [4], des
idylles en prose, des vers, une foule d'opuscules inté-

(Lyon), 1785, in-8.º de 24 pages, non compris les tables justi-
ficatives. Cet opuscule a été réimprimé plusieurs fois et notamment
dans le tom. I.ᵉʳ des *Tablettes d'un curieux, ou Variétés histori-
ques, littéraires et morales* (publiées par Sautereau de Marsy);
Bruxelles, Dujardin, 1789, 2 vol. in-12., et tout récemment
dans la *Gazette universelle de Lyon*. Le comte Boissy d'Anglas,
sous le voile de l'anonyme, en a publié une édition à la tête de la-
quelle il a placé la notice de M. Delandine sur Mathon de la Cour.

[1] Voy. *Archives du Rhône*, tom. III, pag. 159.

[2] *Lettre à M. de*** sur les Rosières de Salency, et les autres
établissemens semblables*; Lyon, Aimé Delaroche et Rosset, 1782,
in-12. de 70 pages.

[3] Mathon de la Cour, étant à Paris, fit demander à l'académie
de Lyon la permission de publier la *Vie de Montausier* et de
prendre sur le titre la qualité d'académicien. Cette permission lui
fut accordée dans la séance du 11 décembre 1781, sous la condi-
tion qu'il soumettrait son ouvrage à l'examen de M. Barou qui se
trouvait alors aussi dans la capitale. Nous ignorons si la publication
a eu lieu. Ce qu'il y a de certain, c'est que la *Vie de Montausier*
n'est point rappelée parmi les ouvrages de Mathon de la Cour dans
l'article que lui a consacré la *Biographie universelle*, et que les
auteurs du même recueil ne la citent point non plus à l'article
Montausier parmi les biographies qui existent de ce dernier personnage.

[4] Nous ignorons pareillement si cet *Eloge de Poivre* a été imprimé.

ressans [1] ont marqué l'existence littéraire de Mathon. Combien son existence sociale fut plus précieuse encore !

C'est à lui qu'on dut les premiers succès de la société philantropique, les secours pour les mères nourrices, un établissement pour arracher les jeunes enfans à l'oisiveté. Pour naturaliser la mouture économique et rendre le pain du peuple moins cher et meilleur, il fit venir à ses frais des ouvriers de Paris. Il chercha à rendre com-

---

[1] Les autres ouvrages de Mathon de la Cour qui sont parvenus à notre connaissance, sont les suivans :

I. *Discours sur le patriotisme français*, lu à l'académie de Lyon, le 21 janvier 1762. Lyon, Périsse, 1762, in-8.º II. *Lettres sur les peintures, les sculptures et les gravures exposées au salon du Louvre en 1763, 1765 et 1767*. Paris, Bauche, 1763-67, 3 part. in-12. III. *Lettres sur l'inconstance*, à l'occasion de la comédie de *Dupuis et Desronais* (par Collé), Paris, 1763, in-12. IV. *Orphée et Eurydice*, opéra traduit de l'italien de Casalbigi, Paris, 1763, in-12. V. *Discours sur le danger des livres contre la religion, par rapport à la société*. Paris, Lejay, 1770, in-8.º, couronné par l'académie de la Conception à Rouen. VI. *Journal de Lyon, ou Annonces et Variétés littéraires*, pour servir de suite aux *Petites affiches de Lyon*. Lyon, Aimé Delaroche, 1784 et années suivantes, 12 vol. in-8.º VII. *Collection des comptes rendus, pièces authentiques, états et tableaux concernant les finances de France, depuis 1758 jusqu'en 1787*. Paris, Cuchet, 1788, in-4.º VIII. *Résultats des expériences et des recherches faites par le comité de panification*. Lyon, 1791, in-8.º

Mathon de la Cour a, en outre, travaillé, pendant quelque temps, au *Journal de musique*, depuis juillet 1764 jusqu'en août 1768, et au *Journal des Dames*, Paris, 1759 et années suivantes; il a présidé à la rédaction de plusieurs *Almanachs de Lyon*. L'*Etat par ordre alphabétique des villes, bourgs, villages, seigneuries, fiefs, rivières, montagnes, etc. des provinces de Lyonnois, Forez et Beaujolois*, qui se trouve dans celui de 1760, et qui est un curieux morceau de statistique, a été revu et augmenté par lui. Nos archives académiques contiennent en manuscrit plusieurs mémoires de sa composition.

mune dans tous les quartiers l'eau du Rhône, vive, légère et salutaire en divers maux. Il établit pendant quelque temps un lycée propre à faciliter aux artistes l'exposition de leurs chef-d'œuvres, et les moyens d'être connus [1]. Tout ce qu'il dit, tout ce qu'il pensa fut rapporté par lui au bien général. Négligent sur ses propres affaires, il ne rêva qu'à bien faire celles des autres. Ici, il faisait imprimer à ses frais un ouvrage utile, pour en laisser le bénéfice à son auteur. Là, il contractait une dette pour acquitter celle du pauvre. Dans un siècle d'égoïsme, il eut jusqu'au courage de se consacrer à la bienfaisance sans partage, et de consentir plutôt à passer pour ridicule ou singulier aux yeux de la frivolité inhumaine, que de manquer une seule occasion de sacrifier son temps, ses peines ou sa bourse à la bonne action qu'on lui indiquait.

Et on a fait mourir de pareils hommes ! Dorfeuille lui-même parut hésiter s'il pourrait faire tomber une tête si éclairée, si vertueuse. « Tu étais noble, lui dit-il ; tu » n'as pas quitté Lyon pendant le siège : lis le décret ; tu » peux prononcer toi-même sur ton sort. » Ainsi l'Athénien Lysias s'écriait autrefois : *Ce n'est pas moi, Eratosthène, c'est la loi qui te tue.* En effet, Mathon lut l'article funeste et répondit : « Il est sûr que cette loi m'atteint ; je saurai mourir. » Il ne reprocha rien à cette loi cruelle ; il ne reprocha rien aux hommes. Seul avec Dieu, on le vit aller de Roanne à Bellecour, sans vaine ostentation, comme sans faiblesse. Profondément recueilli, le front chauve et élevé, les yeux fixés sur la terre qu'il quittait sans murmure, il remplit sa promesse, et sut mourir. »

[2] Jacques Mathon de la Cour, né à Lyon en 1712, mort dans la même ville le 7 novembre 1777 (et non en

---

[1] Le *Lycée* ou *salon des arts* fut ouvert en 1786. Mathon de la Cour fit imprimer un *Catalogue des ouvrages de peinture, sculpture, dessin et gravure, exposés à Lyon, au salon des arts, le 25 août 1786,* Lyon, imprimerie de la ville, in-8.º de 16 pages.

1770 , comme le dit la *Biographie universelle*) , mathématicien célèbre , élu membre ordinaire de l'académie de Lyon le 12 janvier 1740 , en remplacement de M. Laisné, nommé membre honoraire. On lui doit les *Nouveaux élémens de dynamique et de méchanique ;* Lyon , Frères Périsse, 1763, in-8. Il concourut à l'académie des sciences de Paris , en 1753 , sur cette question : *Quelle est la manière la plus avantageuse de suppléer à l'action du vent dans les grands vaisseaux* , et il obtint l'accessit avec Euler : le prix fut décerné à Daniel Bernoulli. Voy. *Biogr. univ.* art. *Mathon de la Cour (Jacques).*

[3] Dom Augustin Calmet , bénédictin , né en Lorraine le 26 février 1672 , mort à Senones le 25 octobre 1757 , savant interprète de la Bible.

[4] Jacques Mathon ne s'est pas seulement occupé des sciences naturelles et des mathématiques , mais encore de plusieurs autres branches des connaissances humaines.

Parmi les mémoires qu'il communiqua à l'académie de Lyon , il en est qui roulaient sur la musique , sur celle des Grecs en particulier , sur la grammaire et l'étude des langues , sur la division de la terre sainte , sur le temple de Jérusalem , etc.

[5] Voy. not. 1.

[6] Voy. *ibid.*

[7] Charles-Joseph Mathon fut un des membres les plus assidus et les plus laborieux de l'académie de Lyon.

[8] D'Alembert envoya plusieurs de ses ouvrages à l'académie de Lyon. L'astronome Lalande, né à Bourg en Bresse, en 1732, mort en 1807, était du nombre des académiciens associés.

[9] Jacques-Germain Soufflot, né en 1714 à Irancy , près d'Auxerre (et non à Lyon , comme quelques auteurs l'ont dit), mort le 29 août 1781 , célèbre architecte qui com-

mença à se faire connaître par les travaux qu'il exécuta dans nos murs. C'est sur ses dessins que furent bâtis l'hôtel-Dieu, le grand théâtre, etc. Voy. *Archives du Rhône*, tom. IV, pag. 72-74, où il est parlé de ses relations avec notre académie et de son séjour à Lyon.

¹⁰ Rater, architecte de Lyon, qui exécuta le hardi projet d'ouvrir une avenue de cette ville, en coupant les montagnes qui la séparent de la Bresse. Il était aussi l'un des constructeurs des belles maisons du quai St-Clair et de ce quai lui-même.

¹¹ Jacques de Vaucanson, né à Grenoble en 1709, mort le 21 novembre 1782, illustre mécanicien, associé de l'académie de Lyon. Voy. *Archives du Rhône*, tom. VI, pag. 65.

¹² Joseph Jacquard, actuellement vivant, inventeur du métier pour la fabrication des étoffes de soie, qui porte son nom. Voy. encore *Archives du Rhône*, t. I, p. 420 et suiv.

¹³ Jean-Antoine Morand, architecte, né à Briançon vers 1728, mort révolutionnairement à Lyon le 24 janvier 1794, constructeur du pont Morand et auteur du plan qu'on suit encore, pour l'agrandissement de la ville, dans la partie des Brotteaux.

¹⁴ Claude Bourgelat, né à Lyon vers 1712, mort le 3 janvier 1779, fondateur des écoles vétérinaires en France, auteur d'excellens ouvrages sur l'hippiatrique, science dont il est, en quelque sorte, le créateur, associé de l'académie de Lyon. Voy. *Notice historique et raisonnée sur Claude Bourgelat*, par L. F. Grognier, Paris et Lyon, 1805, in-8.°

¹⁵ N. Willermoz, né à Lyon vers 1767, mort le......... médecin, auteur de plusieurs opuscules relatifs à sa profession et notamment d'un *Mémoire sur les eaux potables de la ville de Lyon*, imprimé en 1784. Reçu à l'académie en remplacement de l'abbé de Valernod le 7 juillet 1778, il y a lu un grand nombre de mémoires.

[16] Louis Vitet, né à Lyon en 1736, mort à Paris le 25 mai 1809, médecin célèbre, maire de Lyon en 1791, député à la convention et ensuite au conseil des cinq cents, membre de l'académie de Lyon où il fut nommé le 7 mars 1786, en remplacement de M. Poivre. Il est auteur de la *Pharmacopée de Lyon*, de la *Médecine expectante*, etc.

[17] Le P. François Jacquier, né à Vitry-le-Français le 7 juin 1711, mort le 3 juillet 1788, minime, habile mathématicien, associé de l'académie de Lyon.

[18] Esprit Pezenas, jésuite, astronome et mathématicien avignonais, mort le 4 février 1776, associé de l'académie de Lyon.

[19] Jean Neper, Nepair ou Napier, mathématicien écossais du 16.e siècle, inventeur des logarithmes.

[20] Jean-Etienne Montucla, né à Lyon en 1725, mort à Versailles le 18 décembre 1799, membre de l'institut, auteur d'une *Histoire des mathématiques*, Paris, 1758, 2 vol. in-4.º, réimprimée en 1799-1802, 4 vol. in-4.º

[21] Jean Rozier, né à Lyon en 1734, mort dans cette ville, pendant le siége, d'un éclat de bombe, dans la nuit du 29 septembre 1793, curé constitutionnel de la paroisse de St-Polycarpe, auteur d'un *Cours d'agriculture*, 1781-1800, 12 vol. in-4.º, et de plusieurs autres ouvrages relatifs à la même science, associé à l'académie le 19 novembre 1771.

[22] Joseph Vasselier, né à Rocroy en 1735, mort à Lyon en novembre 1798, commis de la direction des postes dans cette ville, reçu membre ordinaire de l'académie en 1782, en remplacement de l'abbé La Serre. Voy. *Archives du Rhône*, tom. VI, pag. 63-64.

[23] Jean-Espérance-Blandine de Laurencin, né le 17 janvier 1733, mort le 21 janvier 1812, poëte, associé à l'académie de Lyon, le 24 novembre 1772, a été à la

tête des travaux Perrache, et l'un des propriétaires du
terrain du même nom. Il a publié beaucoup de vers, et
entr'autres, une pièce élégiaque, intitulée : *Aux mânes
de ma mère.* Il est le père de M. le comte Aimé-François
de Laurencin, député du Rhône à la chambre législative
depuis 1824, et membre ordinaire de l'académie de Lyon.

24 Claude Martin, né Lyon en janvier 1732, mort à
Lucknow en septembre 1800, avec le grade de major-
général au service de la compagnie anglaise des grandes
Indes, a légué à sa ville natale une somme considérable
pour l'établissement d'une institution publique et a confié
à l'académie l'exécution de ce legs.

25 Jean Cléberg, riche négociant allemand, établi à
Lyon dans le 16.e siècle, bienfaiteur de l'hospice de la
Charité. Plusieurs auteurs ont pensé que c'était en son honneur qu'avait été élevée la statue connue sons le nom de
l'Homme de la Roche. Voy. *Archives du Rhône*, tom. V,
pag. 297 et suiv.

26 Laurent-Pierre Bérenger, né à Riez en Provence le
28 novembre 1749, mort à Lyon le 26 septembre 1822,
littérateur estimable et fécond. On distingue parmi ses
ouvrages ses premières poésies publiées en 1785, les
Soirées provençales, la *Morale en action*, etc. Il avait
adopté Lyon pour sa seconde patrie. Il y a exercé les
fonctions de professeur de belles-lettres à l'école centrale,
de proviseur au collége royal et d'inspecteur à l'académie
universitaire. Nommé associé de l'académie de Lyon en
1785, il en fut l'un des restaurateurs sous le titre
d'*Athénée* en l'an VIII, et en a fait partie jusqu'à sa mort
en qualité de membre titulaire.

27 Jean-Emmanuel Gilibert, né à Lyon le 21 juin 1741,
mort dans la même ville le 2 septembre 1814, savant médecin, éditeur des ouvrages de Linné et auteur d'un
grand nombre d'écrits sur la botanique et la médecine,
nommé membre ordinaire de l'académie en 1783. Il revit
dans M. Stanislas Gilibert, son fils.

28 François-Urbain Domergue, né à Aubagne en 1745, mort le 29 mai 1810, grammairien, membre de l'institut. Il a assez long-temps habité Lyon, où il rédigea, en 1773 et 1774, la *Feuille littéraire*, et en 1784 et années suivantes, le *Journal de la langue française*.

29 Joseph Mollet, né à Aix en Provence vers le milieu du dernier siècle, professeur de physique et de mathématiques dans notre ville, secrétaire adjoint de l'académie, section des sciences, auteur d'un cours de physique très-estimé. Depuis environ deux ans, il s'est retiré dans sa patrie où il a emporté les regrets de ses collègues et des nombreux amis qu'il s'était faits parmi nous.

30 Antoine-François Delandine, né à Lyon le 6 mars 1756, mort le 5 mai 1820, ancien député du Forez à l'assemblée constituante, ancien professeur de législation à l'école centrale, bibliothécaire de la ville, connu par une foule d'ouvrages et principalement par sa continuation (avec M. Chaudon) du *Dictionnaire historique*, un des membres les plus laborieux de l'académie de Lyon où il fut reçu le 24 juillet 1781.

31 Jean-Marie Morel, né à Lyon en 1728, mort en 1810, grand paysagiste, auteur de la *Théorie des jardins*, membre de l'académie de Lyon depuis sa restauration en l'an VIII. Nous avons inséré dans les *Archives du Rhône*, tom. I, pag. 441 et suiv., son mémoire *sur la Théorie des eaux fluentes*, et tom. II, pag. 49 et suiv., une *Notice* sur sa vie et ses ouvrages, par M. Dumas.

32 Jean-Baptiste Rast, né à   le   , mort le   18.., médecin habile, membre de l'académie de Lyon, depuis la réunion de cette société en 1758 à la société des beaux-arts, possesseur d'une immense et riche bibliothèque qui a été dispersée après sa mort par une vente en détail.

33 André-Claude Dussaussoy, né le 30 novembre 1755,

mort le 30 décembre 1820 , a été chirurgien de l'hôtel-Dieu et membre de l'académie depuis sa restauration en l'an VIII.

34 François Tabard , né en 1746 , mort le 5 mars 1821 , archéologue et physicien , ancien professeur au collége de Notre-Dame dit le *Petit collége* , à l'école centrale et au lycée , ancien bibliothécaire , reçu académicien le 5 juin 1788.

35 Marc-Antoine-Louis Claret de Fleurieu de la Tourrette , né à Lyon en 1729 , mort en cette ville sur la fin de 1793 , conseiller à la cour des monnaies , secrétaire-perpétuel de l'académie pour la classe des lettres depuis 1767 jusqu'à la révolution , botaniste et littérateur , auteur de plusieurs ouvrages , ami de J.-J. Rousseau. Voy. *Archives du Rhône* , tom. IV , pag. 1-2.

36 Jean-Jacques de Boissieu , né à Lyon en 1736 , mort le 15 mars 1810 , excellent dessinateur. M. Dugas-Monthel a lu à la séance publique de l'académie de Lyon du 28 août suivant , l'*Eloge historique de J.-J. de Boissieu* , imprimé la même année , Lyon , Ballanche , in-8.° On trouve à la suite un catalogue complet des gravures composant l'œuvre de notre compatriote. Il remplaça à l'académie M. Perrache le 7 mars 1780 , et fut remis sur la liste des membres ordinaires lors du rétablissement de la société en l'an VIII.

37 Pierre-François Rieussec , né à Lyon le 25 novembre 1738 , mort le 20 juillet 1826 , ancien député au corps législatif , conseiller honoraire à la cour de Lyon , membre de l'académie depuis l'an VIII. Une *Notice historique* sur sa vie , lue par M. Guerre , dans la séance publique du 5 juillet 1827 , vient d'être publiée , Lyon , Louis Perrin , in-8°.

38 Antoine-Marin Lemierre , né à Paris en 1733 , mort à St-Germain-en-Laye le 7 juillet 1793 , littérateur célèbre. Il avait épousé M.lle Comte , belle-sœur de Charles-Joseph Mathon de la Cour. Etant à Lyon en 1783 , il fut associé à l'académie par acclamation , et assista à

la séance du 25 novembre de la même année , où il dis-
tribua à ses nouveaux collègues des exemplaires de sa
tragédie de Guillaume Tell.

[39] Marie-François-Xavier Bichat, né le 11 novembre
1771 , à Thoissey, dans l'ancienne Dombes (et non *à
Thoirette , dans l'ancienne Bresse* , comme on le lit dans
la *Biographie universelle*), mort le 22 juillet 1802 , médecin , élève de Marc-Antoine Petit, génie extraordinaire
et précoce , enlevé à la science physiologique au moment
où il venait de lui faire faire un grand pas.

[40] Camille Jordan , né à Lyon le 11 janvier 1771 , mort
à Paris le 19 mai 1821 , député au conseil des cinq cents
en 1797 , député de l'Ain au corps législatif en 1816 et
1818 , reçu à l'académie de Lyon en 1805 , célèbre par
sa conduite politique et le rare talent d'improvisation qu'il
a déployé à la tribune.

[41] Marc-Antoine Petit, né à Lyon le 5 novembre 1766 ,
mort à Villeurbane le 7 juillet 1811 , ancien chirurgien-
major de l'hôtel-Dieu , auteur d'un ouvrage intitulé *Essai
sur la médecine du cœur* , contenant , entr'autres pièces ,
quatre épîtres en vers , etc.

[42] Voy. note 1.

[43] L'auteur se rappelait sans doute la fameuse épigramme
de Marot sur le surintendant Samblançai , si admirée de
Voltaire et de La Harpe :

> Lorsque Maillard , juge d'enfer , menoit
> A Montfaucon Samblançai l'ame rendre ,
> Lequel des deux à vôtre sens tenoit
> Meilleur maintien ? Pour vous le faire entendre ,
> Maillard sembloit homme que mort va prendre ;
> Et Samblançai fut si ferme vieillard
> Que l'on eût dit, au vrai qui l'eût menoit pendre
> A Montfaucon le lieutenant Maillard.